Wolfgang Hohlbeins

Die Chronik der Unsterblichen

von Kummant von Eckartsberg

Teil 1 - Am Abgrund

ehapa Comic Collection Egmont

Ohne die Unterstützung folgender Menschen wäre dieses Album nicht so zeitig erschienen.

Vielen Dank an
Michael Walz für seine Offenheit dem Vorschlag gegenüber, deutsche Romanautoren und Zeichner zusammenzubringen, Wolfgang Hohlbein für seine tollen Geschichten und unermüdliche Produktivität, dem Ehapa/vgs Team für seine Geduld und Unterstützung, meinen Bruder Roland und der lieben Rashana, die mir mit viel Ausdauer dabei geholfen haben, Farbe in die Charaktere zu bringen, Franziska für ihre Kostümvorschläge, Christoph Obermeier für die tolle Website und Lancelot von Naso für die dramaturgische Beratung.
Danke auch an die Männer der Artillerie für profunde Tips und die moralische Unterstüzung, z.B. ausführliche Erörterung der sommerlichen Vorzüge Münchens neben meinem Zeichentisch. Noch mal Danke Jungs!
Dankbar für die Inspiration bin ich Andrew Wyeth, Regis Loisel, Claire Wendling, Benoit Springer, Mike Mignola, John Singer Sargent, den Comptons und Paul Lasaine.

Thomy

Entschuldigen möchte ich mich bei meiner Frau Eve und meinen zwei Töchtern Clarissa und Sophie, die in den letzten Jahren zu oft auf mich verzichten mussten.

Papi

Originalausgabe
„Wolfgang Hohlbeins:
Die Chronik der Unsterblichen: Teil 1 – Am Abgrund“
Zeichnungen: Thomas von Kummant
Szenario: Benjamin von Eckartsberg

3. Auflage
EHAPA COMIC COLLECTION
verlegt durch Egmont Verlagsgesellschaften mbH
Gertrudenstr. 30-36, 50667 Köln
Verantwortliche Redakteurin: Alexandra Germann
Lettering: Robert Platzgummer
Gestaltung: Wolfgang Berger
Koordination: Nadin Kreisel
Buchherstellung: Elisabeth Hardenbicker.

Druck und Verarbeitung: Himmer AG, Augsburg

ISBN 978-3-7704-2880-9

www.vgs.de
www.ehapa-comic-collection.de

IRGENDWANN IM LEBEN EINES MANNES KOMMT DER TAG, AN DEM ER SICH SEINER VERGANGENHEIT STELLEN MUSS.
DIE TÜRKISCHE BEDROHUNG IM OSTEN WÄCHST, ABER DAS LÄSST MICH KALT.
DIE MENSCHEN DIESES LANDES HABEN MICH NIE ALS EINEN DER IHREN BEHANDELT.
GANZ BESONDERS NICHT DIE BEWOHNER DIESES TALES.
HÄTTE ICH MEINEN SOHN MARIUS HIER NICHT VOR VIELEN JAHREN IN DIE OBHUT VON PATER TOROS GEBEN MÜSSEN...
... ICH WÄRE NIEMALS NACH BORSA ZURÜCKGEKEHRT.
NIEMALS.

IRGENDETWAS STIMMT HIER NICHT.
KEIN MENSCH, KEIN VIEH.
WIE AUSGESTORBEN.
IEK

NICHT DASS ICH ERPICHT AUF EIN WIEDERSEHEN MIT DEN MENSCHEN HIER WÄRE.
DOCH IHR SCHICKSAL IST AUCH DAS VON MARIUS.
... HHRCH ...
MARIUS ?
MARIUS !!!

... HHRCH... BIST DU ... DER TOD ?
BIST DU ... ENDLICH GEKOMMEN ... MICH ... ZU ERLÖSEN ?
JA, MARIUS ... ICH BIN DER TOD.
WO ... WARST DU SO LANGE ?
KOF KOF
IST ... IST ES WAHR, WAS SIE GESAGT HABEN?
DASS ... ICH BÖSE BIN ... HHRCH... ... EIN HEXER ?
HAST DU MICH ... DESHALB ... NICHT ZU DIR GEHOLT ... ... WIE ALL DIE ANDEREN ?

NEIN, MEIN SOHN ...
DU BIST NICHT BÖSE.
ICH...
ICH BIN GEKOMMEN, UM DICH MITZUNEHMEN ...
... INS PARADIES.

WENN ES EINEN GOTT GIBT DA DRAUSSEN, ...
... IRGENDWO IN DEN ÖDNISSEN ZWISCHEN DEN STERNEN AM HIMMEL, ...
... DANN HOFFE ICH, DASS ER UNSEREN SEELEN TATSÄCHLICH EIN PARADIES BEREITET, ...
... DENN SEINE WELT HIER UNTEN IST DIE HÖLLE.
DAS WAR SEHR TAPFER VON EUCH, HERR.
ER LEIDET DA SEIT ZWEI TAGEN UND ZWEI NÄCHTEN.

ER HAT MICH ANGEFLEHT, IHN ZU ERLÖSEN, ABER ICH HATTE NICHT DEN MUT DAZU.
ICH WAR FEIGE.
ES HAT NICHTS MIT FEIGHEIT ZU TUN, WENN MAN EINEN FREUND NICHT TÖTEN KANN.
SAG MIR, JUNGE, ...
... WER HAT DAS GETAN ?

DER NAME DES JUNGEN IST FREDERIC. ES DAUERT EINE WEILE, ABER SCHLIESSLICH ERFAHRE ICH VON IHM, WER DIESES BLUTBAD ANGERICHTET HAT.
KRIEGER UND MÖNCHE. MÄNNER DER KIRCHE. DIE INQUISITION.
SIE SUCHEN EINEN KETZER, SAGTEN SIE, EINEN MÄCHTIGEN HEXENMEISTER, DER MIT DEM SATAN PERSÖNLICH EINEN PAKT GESCHLOSSEN HAT.
UND WIE DER SCHNITTER AUF DEM FELD DAS KORN BINDET, BEVOR ER ES SCHNEIDET, LOCKTEN SIE ALLE DORFBEWOHNER IN DIE GROSSE HALLE.
ET DIMITTE NOBIS DEBITA NOSTR
ET NOS DIMISIMVS DEBITORIBVS NOSTR
ANGEBLICH, UM EINEN GOTTESDIENST ABZUHALTEN.
SIE SAGTEN, DAS DORF STÜNDE MIT DER HÖLLE IM BUNDE UND BETREIBE ZAUBEREI UND HEXENWERK.
AM ANFANG HABEN ALLE GELACHT.
AM ENDE LACHTE KEINER MEHR.

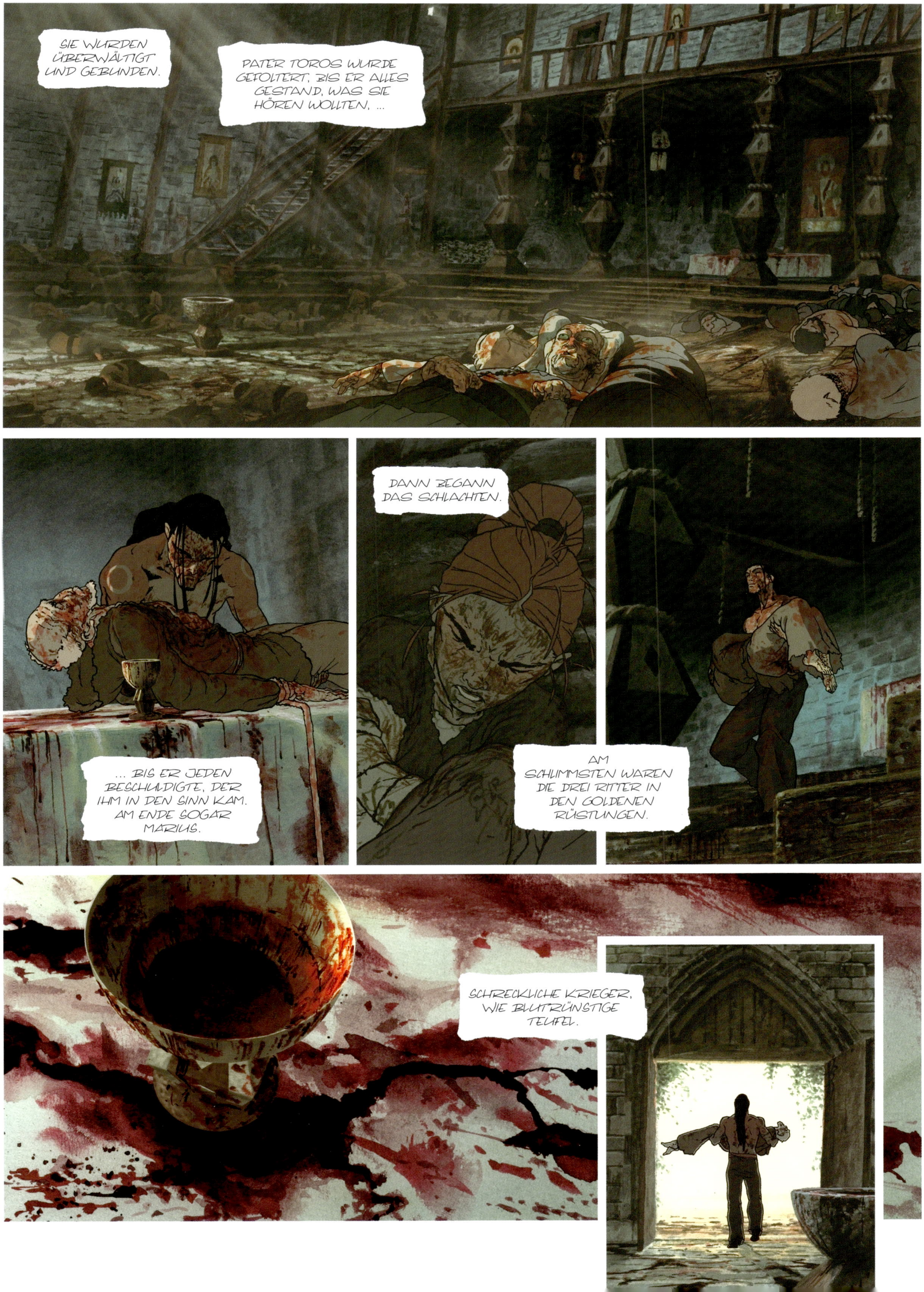
SIE WURDEN ÜBERWÄLTIGT UND GEBUNDEN.
PATER TOROS WURDE GEFOLTERT, BIS ER ALLES GESTAND, WAS SIE HÖREN WOLLTEN, ...
... BIS ER JEDEN BESCHULDIGTE, DER IHM IN DEN SINN KAM. AM ENDE SOGAR MARIUS.
DANN BEGANN DAS SCHLACHTEN.
AM SCHLIMMSTEN WAREN DIE DREI RITTER IN DEN GOLDENEN RÜSTUNGEN.
SCHRECKLICHE KRIEGER, WIE BLUTRÜNSTIGE TEUFEL.

ALLE, DIE SIE NICHT GETÖTET HATTEN, WURDEN ANEINANDERGEKETTET UND AUS DEM TAL GETRIEBEN.
WIE VIEH.
AUCH FREDERICS MUTTER.
ER HAT ES EINER ENTLAUFENEN ZIEGE ZU VERDANKEN, DASS ER IHNEN NICHT IN DIE FALLE GING WIE ALLE ANDEREN.
ABER VON SEINEM VERSTECK AUS HAT ER ALLES GESEHEN UND ALLES GEHÖRT.
JEDEN HIEB. JEDEN STICH.
DIE SCHREIE, DAS JAMMERN, DAS STÖHNEN.
DAS GANZE GOTTVERDAMMTE GEMETZEL.

DER GLANZ DER KINDHEIT WURDE AUS SEINEN AUGEN GEWISCHT.
NUN LASTET DER FLUCH DES ÜBRIGGEBLIEBENEN AUF IHM. SO WIE AUCH AUF MIR ...
MEIN NAME IST ANDREJ DELANY, ...
... UND ICH LEBE UNTER EINEM SCHLECHTEN STERN.
DEN TOD KENNE ICH GUT...
... SO WIE DER BAUER DEN STURM KENNT, DER IHM SEINE ERNTE IMMER WIEDER ZERSTÖRT.

ICH BIN NOCH NICHT ALT, ABER ICH HABE SCHON MEHR GELIEBTE MENSCHEN EIGENHÄNDIG BEERDIGT ALS SO MANCHER ALTE MANN.
EINER NACH DEM ANDEREN SIND SIE MIR ENTGLITTEN WIE PERLEN VON EINER ZERISSENEN HALSKETTE.
MUTTER. VATER. STIEFVATER. FRAU. TOCHTER. ERSCHLAGEN, ERSTOCHEN, VERBRANNT.
NUR MEIN SOHN MARIUS WAR NOCH ÜBRIG. ER SOLLTE HIER SICHER SEIN, WEIT WEG VON DEN GEFAHREN MEINES LEBENS ALS AUSGESTOSSENER.
DOCH NUN TRÄGT AUCH IHN DIE FLUT DES TODES DAVON, UND ICH BLEIBE ALLEIN AM UFER ZURÜCK.
WELCHER GOTT WÜRDE ZULASSEN, DASS SO ETWAS IN SEINEM NAMEN GESCHIEHT ?
DENNOCH SPRECHE ICH EIN GEBET.
WAS KANN ICH SONST TUN ?
WARUM BEGRÄBST DU IHN HIER, SO WEIT WEG VON DEN ANDEREN ?
ALS ICH SO ALT WAR WIE ER, BIN ICH EINMAL VOM WIPFEL DIESER EICHE GEFALLEN, OHNE MIR EINEN KNOCHEN ZU BRECHEN.
ICH WAR IMMER DER MEINUNG, DIESER ALTE BAUM BRINGT GLÜCK.
EIN GUTER PLATZ FÜR DIE EWIGE RUHE.

WANN BRECHEN WIR AUF ?
WIR ?
JA ! WIR! DIESE SCHWEINE MÜSSEN DAFÜR BEZAHLEN !
HÖR ZU, JUNGE. ICH TRAUERE UM MEINEN SOHN, NICHT UM DAS DORF.
RACHE BRINGT MIR MARIUS NICHT ZURÜCK.
ABER DU BIST DOCH EIN DELANY WIE ICH.
DAS SIND AUCH DEINE VERWANDTEN, DIE HIER GESCHLACHTET WURDEN !!!

JA, ...
... UND ES WAREN AUCH MEINE VERWANDTEN, DIE MIT STEINEN UND KOT NACH MIR WARFEN, DIE MICH EINEN KETZER UND TEUFELSANBETER NANNTEN.
WEGEN EINEM HARMLOSEN STREICH WURDE ICH MITSAMT MEINER FAMILIE AUS DEM DORF GEJAGT.
MIT VIERZEHN JAHREN ZU EINEM LEBEN ALS AUSGESTOSSENER VERDAMMT.
UND MUTTER UND DIE GEFANGENEN? WIR MÜSSEN SIE DOCH BEFREIEN!
DU WEISST JA NICHT, WAS DU DA REDEST, JUNGE.
DU KANNST JA KAUM EIN SCHWERT HALTEN, GESCHWEIGE DENN DAMIT UMGEHEN.
SAGTEST DU NICHT, ES WAREN ETWA SO VIELE MÄNNER WIE ZIEGEN IN EURER HERDE ?
WAS KANN ICH ALLEIN SCHON GEGEN SOLCH EINE ÜBERMACHT AUSRICHTEN ?

DEIN SOHN MARIUS WAR EIN MUTIGER JUNGE !!!
GLAUBST DU ETWA, ER HÄTTE SICH EINEN VATER GEWÜNSCHT, DEM BEI SEINER ERMORDUNG NICHTS WEITER EINFÄLLT ...
... ALS GEJAMMER UND AUSFLÜCHTE !
DU WARST IHM KEIN VATER ZU LEBZEITEN! SEI IHM WENIGSTENS EINER IM TOD.

DU SOLLTEST ETWAS ESSEN, JUNGE.

VON EINEM FEIGLING NEHME ICH NICHTS.
DANN EBEN NICHT.
AUFWACHEN, JUNGE!

VON JETZT AN SOLLTEST DU BESSER MIT EINEM AUGE OFFEN SCHLAFEN.
WENN ICH EINER VON DIESEN GOLDENEN TEUFELN WÄRE, WÜRDE DEIN KOPF JETZT DURCHS GRAS ROLLEN.
ALSO LOS, MACH DICH FERTIG, WIR FOLGEN IHNEN.
NICHT AUS RACHE. WEGEN DER GEFANGENEN.

EINES TAGES WIRST DU MIT DEN ÜBERLEBENDEN ZURÜCKKEHREN UND BORSA WIEDER MIT LEBEN ERFÜLLEN.
ÜBER DIESEN ORT HAT SICH DER TOD GESENKT.
ER STINKT NACH BLUT UND VERBRANNTEM LEICHENFLEISCH. ICH WILL NICHT HIERHER ZURÜCK.
DANN IST DIE STRASSE JETZT DEIN ZUHAUSE.

DIE ANGREIFER HINTERLASSEN EINE GRAUSIGE SPUR RICHTUNG SÜDEN.
BLUTIGE MAHNMÄLER EINER SELBSTHERRLICHEN KIRCHE.
SIE SCHMÜCKEN DIE KARPATEN MIT DEN KÖRPERN DER SCHWACHEN UND ALLZU MUTIGEN AUS BORSA.
FÜR FREDERIC IST ES BESONDERS SCHLIMM.
BEI JEDEM KREUZ MUSS ER DAMIT RECHNEN, SEINE MUTTER ZU SEHEN.
DIE MÖRDER HABEN ES OFFENBAR NICHT EILIG. BALD WERDEN WIR SIE EINGEHOLT HABEN.

DER JUNGE TRÄUMT SCHLECHT.
DIE ERINNERUNG KANN ICH IHM NICHT NEHMEN, ABER ICH KANN AUF IHN AUFPASSEN.
ICH HABE EINEN SOHN VERLOREN, VIELLEICHT KANN ICH IN FREDERIC EINEN NEUEN FINDEN.
DER GEDANKE GIBT MIR KRAFT.
HILFT MIR, ALLES ANDERE ZU VERDRÄNGEN.
FOOCH!

CHOCK
CHOCK
CHOCK
ES IST WOCHEN HER, DASS ICH MIT DER WAFFE GEÜBT HABE.
ICH BRAUCHE LANGE, BIS MEINE GEWOHNTE GESCHMEIDIGKEIT ZURÜCKKEHRT.
CHOCK
CHOCK
CHOCK
CHOCK
CHOCK
GANZ ZU SCHWEIGEN VON RUHE UND AUSGEGLICHENHEIT.

SO HABE ICH NOCH NIE JEMANDEN KÄMPFEN SEHEN.
SO KÄMPFT MAN IM LAND DER SARAZENEN.
DORT BIST DU GEWESEN ?
NEIN. ABER MICHAIL NADASDY, MEIN LEHRER.
CHOCK
DU VERSTEHST ETWAS VOM KÄMPFEN.
BRINGST DU ES MIR BEI ?

WOZU ? DAMIT DU DICH RÄCHEN KANNST ?
DU BIST EIN KRIEGER.
DU HAST DOCH BESTIMMT SCHON VIELE ERSCHLAGEN.
ICH BIN KEIN KRIEGER, NUR EIN BAUERNSOHN, WIE DU. VIELLEICHT VERSTEHE ICH ETWAS VOM KÄMPFEN, ABER NICHT VOM TÖTEN.
KNACK
DAS SIND MÄNNER DES INQUISITORS !!!

BLEIB HINTER MIR.
DER KAMPF SPIELT SICH VOR MEINEM INNEREN AUGE AB.
ER IST BEREITS ENTSCHIEDEN, NOCH BEVOR DER ERSTE DER ANGREIFER SEIN SCHWERT HEBT.
DOCH DANN LENKT EINE DUNKLE PRÄSENZ MEINEN BLICK ZUM WALDRAND.

SLIT

CHOP!
DUMB
KRACK

AAAHHHH
AAAARRHHHNH
DIE WUNDE IST NICHT TIEF.
AAHHH
SLIT
SIE WIRD SO SCHNELL HEILEN WIE ALLE ANDEREN, DIE ICH MIR IM LAUFE DER ZEIT EINGEHANDELT HABE.
ABER DER REITER AUF DEM HÜGEL JAGT MIR EINE GÄNSEHAUT ÜBER DEN RÜCKEN.

DER GOLDENE KRIEGER IST GEFLOHEN!
WIR HABEN GEWONNEN!
GEFLOHEN? WOHL KAUM.
ICH GLAUBE EHER, ER HAT GESEHEN, WAS ER WOLLTE. ER HAT MICH AUF DIE PROBE GESTELLT.
HE, KRÜPPEL ...
WO KRIECHST DU HIN?
BRINGST DU NICHT GERNE HARMLOSE LEUTE UM?
DAFÜR VERRECKST DU JETZT !!!
VATER ... UNSER DER DU BIST ... IM HIMMEL, ... DEIN REICH KOMME, ...

LASS DAS !
DEIN WILLE ... GESCHEHE, WIE IM HIMMEL, ... SO AUCH AUF ERDEN...
KEINE ANGST, ICH WERDE DIR NICHTS WEITER ANTUN.
NEIN ! RÜHR MICH NICHT AN ! DU BIST DER TEUFEL.
ES IST WAHR, WAS SIE ÜBER DICH ERZÄHLEN.
WAS ERZÄHLEN SIE DENN ?
DASS IHR MIT DEM TEUFEL IM BUNDE SEID.
WIR ?
DIE DELANYS.
IHR SEID HEXER, DIE SICH DER SCHWARZEN MAGIE VERSCHRIEBEN HABEN.
DESHALB HABT IHR BORSA IN EIN SCHLACHTHAUS VERWANDELT UND MEINEN SOHN MARIUS GEFOLTERT ?
GNADE, ICH BIN NUR EIN EINFACHER SOLDAT.

TÖTE DEN DRECKSKERL !!!
LASST AB. IHR SEID DES TEUFELS. NIEMAND KANN EUCH TÖTEN.
DANN WAR ES JA ZIEMLICH TÖRICHT VON EUCH, ES ÜBERHAUPT ZU VERSUCHEN.
WER BEHAUPTET DIESEN UNSINN ?
EURE WUNDE, SIE HAT SICH SCHON GESCHLOSSEN. DAS IST TEUFELSWERK.
ICH HAB DICH WAS GEFRAGT !
REDE !
ODER ICH NEHME MIR DEINE SEELE !
VATER DOMENICUS BEHAUPTET DAS, DER INQUISITOR.
UND WAS GESCHIEHT MIT DEN GEFANGENEN ?

RAH
RAH
RAH
RAH
DER JUNGE MACHT MIR SORGEN.
SELBST FÜR JEMANDEN IN SEINER LAGE IST ER ZU BEGIERIG AUFS TÖTEN.
RAH
HAU AB, MISTVIEH !
RAH
RAH
NICHT EINMAL VOR EINEM WEHRLOSEN KRÜPPEL HÄTTE SEIN RACHEDURST HALT GEMACHT.
DAS ZIEL DER ENTFÜHRER IST DER HAFEN VON CONSTANTA. DORT WERDEN DIE GEFANGENEN AUF EINEN SEELENFÄNGER VERSCHLEPPT.
ALS FRISCHFLEISCH FÜR DIE SKLAVENMÄRKTE DES ORIENTS.
RAH

BALD WERDEN WIR DIESEN DOMENICUS UND SEINE BLUTHUNDE EINHOLEN, DOCH WAS DANN ?
ER WEISS OFFENSICHTLICH, DASS WIR IHM FOLGEN, ...
ABER ICH BEZWEIFLE, DASS ER SICH DESWEGEN SO GROSSES KOPFZERBRECHEN MACHT WIE ICH.
WARUM WILLST DU IN DEM GASTHAUS EINKEHREN ? WIR VERLIEREN KOSTBARE ZEIT, WIR MÜSSTEN IHNEN SCHON SEHR NAHE SEIN.
ZU NAHE.
CONSTANTA IST NICHT MEHR WEIT, ...
... UND ICH WEISS NOCH NICHT, WAS ICH TUN SOLL, WENN WIR SIE TATSÄCHLICH EINHOLEN.
DU HAST ANGST !
ICH BIN MÜDE, GENAU WIE DU.
UND ICH HABE KEINEN PLAN. DEN BRAUCHT MAN ABER GEGEN ZWANZIG MÄNNER UND DREI GOLDENE TEUFEL.

ABER WIR HÄTTEN GENAUSO GUT IN CONSTANTA ÜBERNACHTEN KÖNNEN.
IHR KÄMT SOWIESO NICHT IN DIE STADT, JUNGE.
NIEMAND KOMMT NACH ANBRUCH DER DUNKELHEIT OHNE EINEN PASSIERSCHEIN IN DIE STADT REIN ODER RAUS.
HABT IHR DAS NICHT GEWUSST ?
NEIN, WIR WAREN NOCH NIE HIER.
UND WOHL AUCH NOCH IN KEINER ANDEREN GRÖSSEREN STADT, WIE ?
KOMMT, SETZT EUCH ZU UNS. IHR SEHT AUS, ALS KÖNNTET IHR EIN PAAR RATSCHLÄGE BRAUCHEN.
UND WIR BRENNEN AUF GESCHICHTEN AUS DER FREMDE.
ICH BIN SERGE, UND DIESER HÄSSLICHE VOGEL HIER NENNT SICH KRUSHA.

ICH HEISSE ANREJ DELANY, UND DAS IST ...
WARUM SCHLIESSEN SIE NACHTS DIE TORE ?
KRIEG, JUNGE.
KRIEG ? WER GEGEN WEN ?
NOCH IST ER NICHT AUSGE-BROCHEN,
ABER MAN ERZÄHLT SICH SO EINIGES VON DER TÜRKENGEFAHR.
SCHLECHTE ZEITEN ZIEHEN SCHLECHTE MENSCHEN AN, IST ES NICHT SO ?
ABER LASST UNS LIEBER VON ETWAS ANGENEHMEREM SPRECHEN.

ABER, ABER, MEIN BESTER, WARUM MÜSSEN WIR DENN IMMER ÜBER MICH SPRECHEN ?
HÄ HÄ HÄ !
WIEDER SENKT SICH DIESE BÖSARTIGE PRÄSENZ ÜBER MICH.
DAS ATMEN FÄLLT MIR SCHWER.
ANDREJ !
SPASS BEISEITE. WOHER KOMMT IHR EIGENTLICH ?
FREDERIC ! DU MUSST DICH BEHERRSCHEN. ER IST SICHER NICHT ALLEIN HIER.
FÜR DEN JUNGEN MUSS ES NOCH SCHLIMMER SEIN.
ER HAT GESEHEN, WOZU DIESE KRIEGER FÄHIG SIND.
WAS IST LOS MIT EUCH ? KENNT IHR DIESEN MANN ?

SSO, FREUNDE, JETZT MÜSSDEN DIE BLAGEN SCHON SCHLAFEN. NU' KANN ICH' ENNLICH NACH HHAUSE UN' MEENE ALDE BESCHTEIGN ! - HICK ! - **HEHEHE** !
IHR SEID NICHT UNTERWEGS, UM EURE SCHWESTER ZU BESUCHEN. WAS WAR DAS FÜR EIN KERL ?
WASSN DAS FÜRNE DÄMLICHE TÜR ? VAFLUCHT, HIER DRIN ISSES SO DUNGL WIE IM SCHOSS VON MEINER ALD'N.
DAS GEHT EUCH NICHTS AN. KOMM, FREDERIC, WIR GEHEN JETZT BESSER.
ICH FASSES NICH. - HICK !-
HE WIRT ! DEINE VADAMMDE TÜÜR JEHT NICH AUF !
DU BIST JA ROTZHACKEDICHT, ERIC ! DA IST GAR KEIN SCHLOSS AN DER TÜR.

DEIN WEIB TUT MIR JETZT SCHON LEID.
HA
DANN HOBBS 'CH EMN AUSM FENSDER, DU HUNSFOTT DOOH.
HAHA
HA
RÜLPS. -HICK-!
HAHA
HEHE, ZU BESOFFEN DIE TÜR AUFZUMACHEN, ABER NOCH SEIN WEIB BEGLÜCKEN WOLLEN.
HE HE
DER GUTE NIMMT SEINE EHELICHEN PFLICHTEN EBEN ERNST.
DREGGCHIER BIERBANSCHER, GOTT-VADAMMDER!
HE HE
WO ER RECHT HAT, HAT ER RECHT.
HI HI HI
HA HA HA
HA
NEIN! WEG VOM FENSTER!
- HICK-?
AAAAHAHAHAHAHA
HI HI
HE HEHE
HAHAHAR

RÖÖHRP !!
TUNKH
KRRAK
ICH WILL VERDAMMT SEIN !
FREDERIC, RUNTER !
DAS GILT UNS. WIR MÜSSEN HIER RAUS.
AAAAAAAAAAAAAAAI!!!!!!!!!
TSCHOCK

KOF KOF
SOK
HINTEN RAUS ! SCHNELL !
ANDREJ, DER WIRT ...
SOK
AKH
DIE HABEN DAS HAUS UMSTELLT !
SPLASH
DER NASSE MANTEL WIRD DIR ETWAS ZEIT VERSCHAFFEN. ATME SO FLACH WIE MÖGLICH !

ICH VERSUCHE ES ÜBERS DACH. RÜHR DICH NICHT VOM FLECK.
ICH KOMME ZURÜCK, UM DICH ZU HOLEN. VERTRAU MIR.
AAAAHHH
DIE LUFT KOCHT.
AAA!!!
MEINE LIPPEN PLATZEN.
JEDER ATEMZUG VERSENGT MEINE LUNGE.
LANGE WIRD DER JUNGE NICHT DURCHHALTEN.
AAAAAARRHHHA
ICH MUSS MICH BEEILEN.

HUNGH
KOF KOF
... HRRCH ... ANDREJ ...
KOF KOF
HA ! HAST DU DEN SCHUSS GESEHEN ? DER STEHT NICHT MEHR AUF.

TUT ER DOCH.
BEIM HEILIGEN BLUTE CHRISTI!
ICH BESTEHE NUR NOCH AUS SCHMERZEN UND KREISCHENDEM FLEISCH. TROTZDEM GEHORCHT MEIN KÖRPER MIR NOCH.
ICH WERDE ZU EINEM ... DING, DAS EINE AUFGABE HAT UND DIESE UM JEDEN PREIS ERFÜLLEN WIRD.
STIRB ENDLICH, DU VERDAMMTER KETZER!
SIT
SOK
DAS ... DAS KANN NICHT SEIN.
SLITCH

CHOP
SLIT
FREDERIC.
ICH WEISS, DASS ER LEBT.
OBWOHL MEINE AUGÄPFEL GEPLATZT SIND, WEISS ICH WO ER IST.
ICH KANN IHN SPÜREN.
FREDERIC, ICH KOMME !!!

SCHMERZEN.
UNERTRÄGLICHE SCHMERZEN.
KOF
KOF KOF
NOCH NIE ZUVOR BIN ICH SO SCHWER VERLETZT WORDEN.
HRHHCH
DOCH DIE BARMHERZIGKEIT DES TODES BLEIBT MIR VERSAGT.
IHR DELANYS ÜBERLEBT VIEL.
HRHCH
ICH ABER KENNE EUER GEHEIMNIS.
HRCH
HRRCH
MICH ÜBERLEBT IHR NICHT!
CH
HRHCH
HRCH

HIRRCHGH
KOF
KOF KOF
ES WIRD DUNKEL UM MICH.
ICH WARTE AUF DEN TOD. DOCH DER SIEHT MICH NUR AN ... UND GEHT VORBEI.

FREDERIC !
KEINE SORGE, DELANY. ER HAT NUR FIEBER, WEITER NICHTS. IHR BEIDE MÜSST EINEN MÄCHTIGEN SCHUTZENGEL HABEN.
SIEH DICH AN, DELANY. FRISCH WIE DER JUNGE MORGEN. VOR DREI NÄCHTEN WARST DU NUR NOCH EIN KLUMPEN VERBRANNTES FLEISCH.
ICH WEISS NICHT, MIT WELCHER HEXEREI IHR BEIDE EUCH VON EUREN WUNDEN ERHOLEN KONNTET.
MIR AUCH EGAL. ICH WEISS NUR, DASS SERGE ES NICHT GESCHAFFT HAT.
IN DEM WASSERFASS WAR NUR PLATZ FÜR EINEN VON UNS.
DU HAST DEINEN FREUND GEOPFERT, UM SELBST ZU ÜBERLEBEN ?

FREUND ?
ER WAR MEIN BRUDER.
UND STERBEN MUSSTE ER WEGEN EUCH.
ABER ...
DIE MÄNNER, DIE DAS GASTHAUS ANGEGRIFFEN HABEN, WAREN HINTER EUCH HER, ODER ETWA NICHT ? DESHALB HABE ICH EUCH HIERHER IN SICHERHEIT GEBRACHT.
ICH WERDE MEINEN BRUDER RÄCHEN, UND WENN ES DAS LETZTE IST WAS ICH TUE.
IHREN ANFÜHRER HABE ICH BEREITS GETÖTET.
ALSO, WER HAT EUCH DIESEN HÜNEN IN DER GOLDENEN RÜSTUNG AUF DEN HALS GEHETZT ?

ANDREJ !
GEHT ES DIR BESSER ?
JA ! OHNE DICH HÄTTE ICH NICHT ÜBERLEBT.
WER WEISS ... VIELLEICHT DOCH.
WAS ICH GESAGT HABE, TUT MIR LEID.
DU BIST NICHT FEIGE.
SCHON GUT, MEIN JUNGE.
WIR BEFREIEN DEINE MUTTER UND DIE ANDEREN DORFBEWOHNER.
DAS VERSPRECHE ICH DIR.
ICH BIN NICHT SICHER, OB WIR IHM TRAUEN KÖNNEN, ABER ER KENNT SICH IN DER STADT AUS.
KRUSHA UND ICH HABEN GESTERN EINE ABMACHUNG GETROFFEN.

ANDREJ, WAS IST LOS MIT UNS ?
WARUM SIND UNSERE BRANDWUNDEN SO SCHNELL VERHEILT ?
DAS FRAGE ICH MICH SELBST DIE GANZE ZEIT.
DIESER GOLDENE KRIEGER SCHIEN ETWAS DARÜBER ZU WISSEN, DOCH KRUSHA HAT IHN GETÖTET.
ER SAGTE ETWAS VON EINEM GEHEIMNIS DER DELANYS.
MARIUS ... VIELLEICHT MUSSTE ER DESHALB TROTZ TÖDLICHER WUNDEN SO LANGE LEIDEN ...
DELANY !
HAB MICH IN DER STADT UMGEHÖRT. IHR SEID WIRKLICH IN SCHWIERIGKEITEN.
DIE GUTE NACHRICHT IST, ICH WEISS WO EURE LEUTE FESTGEHALTEN WERDEN.
DIE SCHLECHTE IST, ...
... ICH WEISS AUCH VON WEM.

DIESER DOMENICUS IST KEIN HIESIGER RAUB-RITTER, DER SICH ALS GEISTLICHER TARNT.
ER IST GESANDTER DES VATIKANS.
DAS BEDEUTET, ER HAT DIE UNTERSTÜTZUNG DES HERZOGS VON CONSTANTA.
IHR HABT ALSO NICHT NUR DIE RÖMISCHE INQUISITION GEGEN EUCH, SONDERN AUCH DIE HERZOGLICHE ARMEE.
SIE SUCHEN NACH EUCH WEGEN HEXEREI UND BRANDSTIFTUNG.

EURE LEUTE WERDEN IN DEN KERKERN DES HERZOGS GEFANGEN-GEHALTEN. DAS IST STADTGESPRÄCH. ABER NIEMAND WEISS, WER DIESE MÖRDER IN DEN GOLDENEN RÜSTUNGEN SIND.
OB SIE DEM INQUISITOR ZU WILLEN SIND, ODER ER IHNEN.
NIEMAND WILL ES WISSEN.
ER KOMMT. ICH KANN IHN SPÜREN.
AUF IHN WARTET SEIT SEINER GEBURT EIN ABGRUND, TIEFER, ALS ER SICH JEMALS VORSTELLEN KÖNNTE.
UND DIESER NARR EILT GENAU DARAUF ZU. ER KÖNNTE EINEM BEINAH LEID TUN.

Wolfgang Hohlbein lieferte mit seiner „Chronik der Unsterblichen“ die Romanvorlage zur vorliegenden Bilderzählung.
Wir danken ihm für seine Unterstützung!
Zum erfolgreichsten deutschen Fantasy-Autor und seinen zahlreichen Veröffentlichungen finden sich ausführliche Informationen unter
www.hohlbein.de
www.vgs.de

Benjamin von Eckartsberg (geboren 1970) studierte an der FH in München Kommunikations-Design und ist seit 1995 Mitglied der Münchner Ateliergemeinschaft „Die Artillerie“ (www.die-artillerie.de).
Seit 1993 arbeitet er als freiberuflicher Illustrator für Verlage, Werbung, Film und Fernsehen.1999 kolorierte er Thomys Zeichnungen für das Ehapa-Comic-Album „Goethe 2 - Zum Schauen bestellt“.
In den letzten eineinhalb Jahren zeichnete er für die Zeitschrift Maxim den monatlichen Comic „Die wahre Geschichte“.
Für den Weltbild-Verlag illustrierte er zusammen mit Thomy die Cover der Sammler-Edition „Der Hexer“ von Wolfgang Hohlbein.
Wartet ansonsten unermüdlich auf den geeigneten Moment, mit der Arbeit an seinem eigenen Album zu beginnen.

Thomas von Kummant (geboren 1972) besuchte die „Deutsche Meisterschule für Mode“ in München und ist seit 1999 Mitglied der Artillerie.
Zeichnete im selben Jahr im Auftrag des Goethe-Instituts das Comic-Album „Goethe 2 - Zum Schauen bestellt“, erschienen im Egmont Ehapa Verlag.
Seinen Lebensunterhalt verdient er mit Illustrationen für Verlage, Zeitschriften und Filmproduktionen (www.thomy.org).
Hat in den letzten Jahren mit seiner Freude am Detail das Team der Ehapa Comic Collection in den Wahnsinn getrieben und hofft jetzt, dass sich das Warten für die Leser gelohnt hat.